宮下巖 詩集

ふたりぼっち

東方社

詩集

ふたりぼっち

※

目次

第一章

第二章

第三章

ふたりぼっち

題字・表紙挿画　中原道夫

第一章

ふたりぼっち

ふたりはいつも一緒
仲がいいのか悪いのか
よく喧嘩する

部屋が四つあるのだから
別々の部屋にいればいいのに
いつも同じ部屋にいる

買い物に行くのも
教会へ行くのも

散歩するのもいつも一緒

ふたりで半人前だと誰かが言った
ふたりでないとひとりでない気がする
訪ねて来る人もいない
広場や町角　喫茶店　教会で人と出会っても
なんとなく寂しい
ふたりぼっち
ひとりぼっちがふたりいるだけなのか

ふたりぼっち

指輪

泣いて詫びる妻
結婚指輪をなくした

ただの指輪じゃない
愛は光るもの

妻の嗚咽に言葉を失う
また買ってあげるからと逆に慰める

指も太って　はずしていたという

疑われた愛の危うさ

妻は一人で宝石店に行った
記念日やイニシャルを指示

それから二年半
玄関の石畳の脇にキラリと光るものがある
泥にまみれて少し小さい
数字や文字がかすれているが
よく見ると逐一同じもの
名前も日付も全く同じ
あった　あった

今や妻は両手に指輪をはめている

ともにいるイエス

イエスさまはいつも私とともにいて下さる
苦しいときも　哀しいときも
死にたいと思っているときでさえ
そばにいる
そして静かに苦しみや哀しみや
死にたい気持ちをそっと包んで下さる
だめだ　だめだー　と思っていても
小さな希望の光をともしてくれる
妻のことを思って
あーっ　やっぱり死ねないと思う

イエスさまが働いて下さった
妻と一緒に散歩して　ブランコに乗った
苦しみや哀しみや死にたい気持ちが
いつか消えてなくなった

麦茶

果てしない草刈
刈っても刈っても　生えてくる草
小さな庭が　少し広くなる
朝日に白い帽子が　眩しい
夏の初め
風もない
緑の木の葉が　少し揺れる
小鳥の仕業
今日もきっと暑くなるだろう
「少しやすんだら」

妻はタオルを差し出す
汗を拭う
「ありがとう」
冷たい麦茶が美味しい
もうひと頑張りするか

金平糖

妻にバッグを買ってもらった
大きさも丁度いい
書類も本もノートも入る
バッグの中には金平糖
希望と涙のオブラート

過去は消しゴム
未来は鉛筆
教科書通りにはいかないが

辛いこと　やっぱりあるね
出来れば涙を乾燥させて
小さくたたんでノートにはさみ
そっと差しだす親しい友へ
肩を叩いてわかっているよと笑顔で返す

悲しみが喜びに代わる日が
いつかきっとくる
希望のうちに願いを込めて
今日もバッグを肩からかけて
雪の日のおすそ分け

小さな小さな
金平糖

冷たいビール

冷えたグラスに冷たいビール
斜めに注げば　泡は立たない
一気に飲んで「うまい」という
妻の笑顔が　部屋に輝く
お疲れ様ともう一杯
これでいいんだ　充分だ

離れた暮らしが嘘のようだね
西に東にさ迷いながら
やっとつかんだ　二人の世界

湧き出る汗がキラリと光る
少し疲れた
さあごはん
君のお陰だ　明日も頑張る

人が消えれば部屋はガランド
心の隅にあの人いれば　さびしくないわ
残り火燃やし　たすきをかけて
不安を払い
冷たいビール　今夜も用意

告知

犬ふぐりは地上の星　青く煌めく
カラスノエンドウ赤く小さく可憐に地を這う
犬麦が頭をもたげ
李が実を落とす
紫陽花は雨に似合う

白粉花は昼夜逆転
夕方に花を咲かせ　朝閉じる
庭の花は春から夏へ　夏から秋へ
向日葵は夏の王様　そして秋

金木犀が芳香を放つ

あとどのくらい　生きられようか
癌の宣告
レントゲンに白い影
左肺カルチノイド

自然の花は美しい
それにもまして妻はいとおしい
病気をするといとおしさが増した
草木花のうつろいとともに

ストレッチャー

告知する者も告知される者も
お互いの心のせめぎ合い
絶望が心の襞に食い込んでくる
勇気を奮ってストレッチャーに乗る

癌なんかやっつけてしまえ
兄嫁の声が耳に残る
妻の祈る姿が目に焼き付いている
背中を丸めて　痛み止めの麻酔

硬膜外カテーテル挿入
酸素マスクがはめられる
二十四時間点滴　尿管装着

気が付いたら全然覚えていない
医師から家族へ説明
午後五時十分　覚醒
妻と兄嫁も手術室へ
頑張ったね　妻が額をつつく
にっと笑う　生きていると思う

かくして左肺上葉とリンパ節切除
ストレッチャーは希望へと向かった

脊柱管狭窄症

歩けない　長い距離
腰を曲げる　少し楽になる
妻と一緒に歩こうとするが
すぐ離されてしまう
けれど妻は待ってくれる
少し歩いては休み休んでから
また歩き出す

足の傷み　膝とその周りの痛み
足の指の付け根の痛み　下肢の痺れ

好きだった散歩が思うにまかせない
いらだち
以前は一万歩　今は三千歩
でも少しでも歩けるだけ幸せ

脊柱管が狭くなり　神経が圧迫され
神経の血流が低下する
加齢や労働の影響だという
腰部脊柱管狭窄症
辛くても外出し　歩こうと思う
妻とともに
歩いては休み　休んで歩いて

夏の朝

駒場運動公園に行く
ラジオ体操に三〇〇人が集う
我が家から三〇分の距離
歩くのが遅くなってしまった
以前は一五分だった

妻の後を必死に追う
脊柱管狭窄症　間欠性跛行
ロザリオをとなえながら歩を進めると
少し気分が楽になる

ニコニコ笑って朝のあいさつ
愚痴も文句も言わないで
元気を装う
不思議と元気になる
顔見知りにハイタッチ
相手の両手をこちらの両手でパシッと叩く
元気かい　元気だよ
一〇年続いている人もいる

木洩れ日にさわやかな風
今日も夏の日の一日が始まる

粗相

長い会議
遠い距離
粗相をする
行き場のない哀しみと愚かさ
途方にくれる
勇気を出して事実をいう
妻は怒らない
誰もが辿る道だという

自分で洗う

洗面所の片隅にそっと置く
すでに風呂は沸いていた
やさしさが胸にこたえる

きょうは、ビールは止めておこう
玉露を飲んで心を癒して
明日も出かける
まだまだ七十二歳

粗相
生きている証

手芸

刺し子をする妻
縫う針で未来を紡ぐ
赤い糸がトマト
緑の糸が胡瓜　紫の糸が茄子
夏野菜が次第に形を整える

「肩が凝ったわ　叩いてくれる」
「いいよ　疲れるかい」
「そう　一針一針　心を込めて」
今まで悲しそうだった妻の顔に

笑顔がほころびる

手芸が完成しかけると
自信がよみがえる
嬉しそうだ
端で見ていても待ち遠しい

何年か前　展示即売会をして
大成功だった
ほとんど売れてしまった
「また展示即売会をするの？」
「もうしない　教会のバザーに寄付するの」
「きっと喜んでもらえるね」

常夜鍋

沸騰した鍋に
料理酒をたす
ほうれん草を茎と葉に分けて切る
茎を先に　そのあと葉を入れる
最後に豚肉の薄切りを丁寧に入れる
肉が煮えたらそのまま
鍋ごとテーブルの上に置く
常夜鍋の出来上がり

ポン酢しょうゆで食べる

美味しいかな　美味しいわ
ニッコリ笑う
男の手料理
不器用なのは仕方がない
洗いものは任せてくれ
食器のしまい場所がわからない

怪我をして動けない妻は
口だけで指図する
こうして今日も一日終えた
感謝　感謝の一日だった
男の手料理その一
常夜鍋

鴉

カラスが鳴く
しわがれた声の不吉な鴉
黒く、不吉な声音に　マントを翻し
幾羽も庭の立木にとまる
かあ　かあ　かあ　かあ
妻は耳をふさぐ
そして声を張りあげて叫ぶ
かあ　かあ　かあ　かあ
夕暮れの静かな秒刻が
ケタタマシイ雄叫びに打ち破られる

「私の死ぬのを待っているんだわ」
妻は嘆く

やがて鴉は飛び去って
夜がやってくる
空中も　地上も静かになる

悪魔の誘惑を避けて必死に祈る
黒い鴉はもういない

落ち葉

枯葉が陽を浴びて
輝いている
風に舞う

枯葉を踏みつける
パシッと粉々に割れる
小さな音　大地の喜び

雨に濡れた落ち葉はこうはいかない
天気の良い日の特権

デパートに暖房器具が並ぶ
バーバリー・コートに袖を通す
昨年妻に編んでもらった
マフラーをまく

雪虫に冬を問う
寒さを凌いで
未来に挑戦

落ち葉を踏みしめながら

ポピー

庭一面にポピーが咲き誇る
路傍のポピーと違って
こう見事に密集して五万と咲くと
もはや雑草ではない
一本一本は　けなげで弱々しく見えるけど
オレンジ色の海は
希望と勇気を与えてくれる
けしの花の一種ポピーの群れは
初夏の日差しをいっぱいに受け
さざ波のように風にそよぐ

蝶が舞い　蜜蜂が飛び交う
「たいしたもんだ」
「すごいわあ」妻が答える
小さな庭の　一面の花が
ソロモンの栄華をしのぐと思うと
嬉しくなる

午後ふと気が付くと咲き誇っていた
ポピーの花びらが全部散ってしまった
そして翌日の朝
また　一斉に咲いている
次の日も　そのまた次の日も次の日も
咲き散り咲きそして散る
散るのは風のせいか

風がないときも
夕方になると小さくしぼむ
次第に力はなくなり弱々しげになる
やがてポピーの季節が終わる
本格的な夏の到来

第二章

帽子

ドゴール空港でハンチングを買った
白髪が隠せる
寝癖も　乱れ髪も
わからない

芸術家風　職人風　職業不明の
怪しい笑顔
まさか教師とは思うまい
少しすまして外出に

野球帽はスポーツ好きに譲り
年齢相応のハンチング
これが一番よく似合う
はたから見たらどうだろう

始業

朝早く　車から降りる
寒気が身を包む
足早に校舎に向かう
この緊張感　いいなと思う
授業の下調べは出来ている

ドアを開け　電灯をつける
カーテンを開け
パソコンのスイッチを入れる

今日を生きたいと思う
四コマを楽しくやりたい
プリントを用意する

「先生はどうしていつも元気なの？」

「勉強をするから」

「僕は勉強すると元気がなくなる」

「そうか　元気がなくなるか」

笑いが広がる

始業のベルがなる
「起立・礼」
授業が始まる
充実のひととき

自分の顔

自分の顔を鏡で見る
自分ではないみたいだ
見知らぬ老人がひとり
白髪　シワ　老斑
目付きが気にくわない
人を愛したこともないような
人から愛されたこともないような
冷たい目付きだ
昔　教員をしていた時　生徒が言った
「先生かわいい　その笑顔　売り物にした方がいいよ」

鏡に向かって笑ってみる
自分の顔が少し好きになる
顔を洗う
髪を櫛でとかす　油を入れる
歯をむきだしてみたり
顔をゆがめてみたり
顔をふくらませたり
唇をつぼめてみたり
二十面相で笑ってしまう
青春がよみがえる
人を愛そうと思う

靴の新調

新しい靴を買った
ゴアテックス・ビジネス・エキスプレス
二十四・五センチ
履き心地は抜群
足が軽くなった
今にも駆け出したい気分

これで何処へでも行ける
ビジネスの戦場でも　結婚式でも
山登りでも　雨天でも

そう　虹を渡って　遠い国でも行けそう
ステッキを突いて
ゆっくり歩くのも悪くはない

底が擦り減り　内側の少し破れた
古い靴は捨てよう
外反拇趾、靴擦れに泣かされた
長い旅路だった

疲れた心を癒す靴の新調
古くなった靴は　昨日に返し
新しく生きるのだ

旅路の行く果て

自分に似た男がやってくる
背の高さ　歩き方も似ている
帽子のかぶり方　腰の曲げ具合
あまりよく似ているので気味が悪いほど
もっと近づく　なあんだ
兄だった

やあやあ　どこへ行くの
散歩
こっちは買い物

きのうはご馳走様でした
天気が良いと気分が良いね

お兄さん　背丈が小さくなったのかな
年をとると小さくなるものだよ
下ばかり見てないで胸を張って歩いたら
うん　そうする
お年寄りは皆　下を向いて歩く
哀しいことが多いのかもしれない

辿った旅路の行く果ては
きっとある　宝のような良いものが
似たもの同士
頑張ろう

母逝きて

見舞いにきた姉に
「白髪(しらが)の娘を産んだおぼえはない」
と言ったので
姉は髪を染めた

ある日　一万円札をシーツの上にバラまいた
お金の重みで床(ゆか)が抜ける夢を見たという
兄嫁の苦労は大変だったと思う

自分がどこにいるかわからなくても

母は子供のように手を叩いて歌を歌った

手を握る　反応はない
そっとさすって　手を離す
母が生きているだけで幸せだった
大きな恵みだった

地図の無い街に住み
日付の無い暦を生きて
母は逝った
享年九十二歳

命日に

弟が死んだ
十年前のきょう
脳梗塞で

少し呆けていたけど
テレビの相撲で
一人の力士を応援していた
力士は私と同じ名前

「弱いんだよなあ」

自分を応援してもらっているように
うれしかった

弟はもういない

通夜

引退した部長の通夜にでる
世話になった人が大勢駆けつける
若い人も　年配の人も
利害のあった人も　なかった人も

会社人間だった
ずいぶん威張ったり
上司にペコペコしたり……
度々怒られもした
苦しい人事異動にも遭った

今はもうすべてを許せる

デモでパクられたとき
もらい下げに来てもらった
三度入院して　三度復職に
尽力してもらったことも——

痩せられましたね
そう　ほとんどたべられませんでしたから
穏やかな表情ですね
苦しみませんでした　それが救いです

許し　許され　旧交をあたためた通夜

父の弟

父の弟と自称する人が訪ねてきた
父とそっくりだった
ただすこし背が低く
笑顔が卑屈だった
母を騙して父の実印を押させた
権利書を受け取り委任状にも
その実印を押させた
こうして父の田舎の土地の全財産が
簡単に騙し取られてしまった

父が帰宅する前に彼はあわてて出て行った
父は話を聞くと母を殴った
父が母を殴ったのは
後にも先にもこのときただ一回だけだった
工場がつぶれた
零落が始まった

母は田舎の人と二度と会わなかった
「内地の人間」と軽蔑されていると思っていた
農地解放で多くの地主が土地を取られた
母は騙されてしまったことを死ぬまで許していない

こうして父にもその子供たちにも　そして母にも
懐かしい海の見える砂糖黍畑のふるさとがなくなった

田舎の人は朴訥でやさしいという
でも奪える物ならなんでもやってやる
人間の性だけはどこの土地でも変わりはない
この頃まだ見ぬ田舎の島をときどき思う
広い空　青い海　いっぱいの砂糖黍畑　父の幼少を

ひとりぼっちの夜

世界は雨の音
寂しくはなかった
ただ怖いのは夜の闇と人声

台風が来た
晴天が続いた
そして雨　そして夜　そして秋
心が洗われるような静けさ

ラジオが鳴る

人声が孤独を深める
音を消す
闇が広がる
読みさしの本を閉じて闇を聞く

老いた姉の姿を思い出す
前歯の欠けた口を動かして
意味不明の言葉を発する
クラスで一番だった記憶力を
なくしてしまった

ただそばにいてあげたい
手紙も書けない
読みもしない

この夜　姉は何を聞いているのだろう
ピアノ・ソナタか

世界は雨の音
ひとりぽっち

哀悼　金子みすゞ

金子みすゞが死んだ
二十六歳で
なんで自殺してしまったのだろう

その前日に写真をとって
可愛い娘を盗られるからか
夫から　詩を書くな　といわれたからか

文通もしてはいけない　と
禁じられて三年

離婚して　娘まで取り上げられ
書く術もなく
みすゞを理解しない夫

あんなにも才能があり
あんなにも素晴らしい詩をかいたのに

ろうそくの灯

気持がすさぶとき
心はもっとすさぶ
電気を消す
世界は闇が支配する

ろうそくに火を灯す
心のすさびが消える
死んではダメだという声がする
すまなかったと闇に詫びる
ほんとうは生きたいんだと訴える

あれから何年経ったというのか
60年安保闘争で
樺美智子が死んで半世紀有余年

闇が真実なのか
希望は希望たりうるのか
ろうそくの灯がつつましく
静かに揺れる

弔う

午前三時半
新聞屋さんが配達に来る
悲しい世界のニュースを届けた
雪山でお医者さんが遭難して死にました
交通事故で何人も死にました
ホテル火災で死にました
トンネルの事故で死にました
シリアではわずか二日で百人以上が死にました
東日本大震災で 一万五千八百六十六人が死にました

二千十二年六月二十七日現在
行方不明は二千四十六人です

神様　あんまりです
死者のための祈りを何べんしても足りません
代わりに僕が死んであげたい
でも妻は悲しむだろうな

決意

忘れていた恋人の
消息を知った
仙台在住　二児の母
童話作家として知られているという

心の傷のかさぶたをとる
血がにじみ出る
砕かれた過去
癒えそうで癒えない心の傷

もう終わったのだと
自分に言い聞かせる
傷口に脱脂綿をそっとあてる
かすかに血の匂い

心の不貞を妻に詫びる
変わらぬ日常性
気付かぬ振りをしていても
人は知っている

未来への渇望
より良い生き方を求めるために
かさぶたをとる

復活祭

復活祭
春分の日の後の
最初の満月
のあとの日曜日
教会の庭には桜が満開

寒かった日々の緊張感から
解放されて　心が弾む
お酒も肉もこれからＯＫ
十字架の後の栄光

古い友達に手紙を書こう
元気かい　おれも元気だ
心からの祈りは時空を超える

会える　きっと会える
亡くなった友達に
家出した君の細君に
未だ知らぬ子供たちに
数知れぬ天使たちに
万軍の神なる主に
会える

復活祭

冬の夜

ストーブのヤカンが
ピリピリと音をたてて泣いている
雪の知らせに　恨みと嘆き
辞めざるえなかった　北国の学校
もう終わったんだと気を取り直す
蛍光灯が眩しい
ノートの白さが
過去を誘う
明日もまた寒いだろう

第三章

チューリップ

庭にチューリップの芽がでてきた
もう何年も前に植えたきり
そのままになっていた
昨年は除草剤を散布
それでも生えてきた
けなげに必死に生きている

春の嵐に身もだえしながら
じっと耐えている
枯草の中で緑が際だっている

まだかまだかと
待つこと三十日

ついに花が微笑む
数えてみる
蕾が六個
形はとても小さい
茎も短い
掌に入るくらい　赤ちゃんチューリップ

よく頑張ったね
ピンクの花びらに声をかける
土の中での雌伏の末に
春の訪れを告げる

めぐる季節

冬にトマトが食べられる
凄いことだと思う
旬のものは　安くて美味しい
実りは豊富
でも真冬に夏野菜は贅沢の限り
その恵みを感謝する

トマトばかりではない
茄子も胡瓜もトウモロコシさえ
冬に食べられる

温室栽培ばかりでなく
冷凍食品を入れれば
数　限りない

めぐる季節
葡萄が店頭を飾る
梨と栗と林檎
柿が後に続く
やがて蜜柑が溢れでる
苺が出ると
春だ

夕陽の孤独

午後の夕陽がガラスに当たる
日がだんだんと翳ってくる
時計の針がゆっくり回る
子供の声がしない
お正月や日曜日　あれほど騒がしかったのに
今日は平日
職のないのを実感する
休日だとほっとする
なぜといって
自分だけぼんやり怠けていても

許される気がする
働いている人に尊敬と妬ましさ
月日が過ぎるのは早いけど
なかなか来ない年金日と心憩う休日
寂しい夕陽

陽の光

白いレースのカーテン
陽の光が透き通って
部屋を照らす
秋のわびしさを
あたためてくれる
激しい夏の疲れを癒し
厳しい冬に備えて
静かな休息
木曜日の午前
時間がゆっくりと経過する

過去を悔やむことを忘れ
未来への不安を
棚上げにする
この今を大切にしたい

救急措置

我が家は幹線道路　国道に面して
消防署と病院の中間にある
救急車が頻繁に通り過ぎる
けたたましくサイレンが鳴らされる
仕事を中断させられたり
叩き起こされたりする

助かるといいな
容態がよくなるといいな
そっと祈る

鼻をぶつけて血だらけになったとき
救急車にきてもらった
虫垂炎や胃潰瘍のときも
一人ではどうにもならないときがある
人の助けを借りて生きている

隊員はてきぱきと手当をし
病院を探し駆けつける

良くなるように祈り続けていると
いつかサイレンが聞こえなくなった
救急措置
ありがたい

北国の冬

雪が降った
庭の枯草が雪に覆われ
白い絨毯となる
北国だったら白い雪にナナカマドが
赤く映えるだろう

寒い日にはホットウイスキーがよく似合う
忘れていた思い出が掻き立てられる
女子生徒は埴輪スタイル（スカートとジャージー）で
エアコンストーブの上であぐらをかいていた

街を歩くと
ソープランドのお姉さんが
キャアキャア言いながら
雪かきをしていた

列車の中で手を洗うとお湯がでた
家の窓は二重窓だった
暖房は暑すぎて　十二月にビールが売れた
どの店でも気持ち良くトイレを貸してくれた
皆歩くのが上手で転ばない

怖かったのは雪道のスピン
道路が広かったので助かった

すべる

やっぱり北国の冬だった

異人種

男と女が初めて区別された
午後の情欲

愛がエゴに変わる
少年と少女の小さなエゴが
芽生えただけか

男は言った
殺意が迸るようだ

女は言った
初めての傷口
初めての血液
ケープで身体を覆う

異人種となったふたり
少年と少女は男族と女族に

水平線から月が上り
天空に輝く
大人になったふたりは
酒を酌み交わす
傷口を忘れて

月がやがて欠けるように
男と女は
袂を分かつ

次の満月はいつか

クリスマス

クリスマス
イエス様は
デパートにいる
音楽がなって
ネオンがついて
楽しそう

サンタさん
今夜来ない

ぼくのうち

そう思ってその境目から抜け出る
坂道を駆け上る
黄昏が夜にかわる

雪の静謐

我が家の庭に雪が積もった
雪は珍しく　貴重に思える土地柄
翌日は陽の光に耀いている

鳩が二羽雪の上に舞い降りた
神殿に捧げものをするように
雪の上に小さな足跡をつけていく
カラスの足跡に少し似ている
なにを探しているのか
よく見ようとすると

サッと飛び立つ
急な用事を思い出したように

あたりには何もいなくなる
次の日　鳩は来ない
翌々日　雪がなくなる
雪の上の足跡は奇妙に心を慰めた
病み上がりの身に勇気をもらう
雪の静謐

金木犀

公園の片隅で
金木犀が匂う
木の葉が舞う
秋が来たと思う
自然の壮大さ
衣替えはこんなにうまくいかない
かけ違えたボタンをはずし
長袖に腕を通す
心に隙間
時間は止められない

確実に来る冬を予感し
少したじろぐ
北国では雪虫が舞うだろう

ひなたぼっこ

枯葉散る
午後のまどろみ
悲しみの十字路をぬけだし
大いなるものに
すべてをゆだねる
ゆっくりと四肢を暖める
ひなたぼっこ
希望は風船のようにふくらみ
風に飛ばされる
つまらない思い煩いはやめよう

大いなるものに
すべてをゆだねる
ひなたぼっこ

荷物

荷物が多い人は欲張りと　誰かが言った
重いリュックにバッグがふたつ
ペットボトルに水　常備薬十日分　本が二冊
手帳と日記　刺し子と編み物の道具　毛糸玉
ふたつ　お財布と小銭入れ　預金通帳　宝石
手紙の束

持ちきれない荷物を背負って歩いてきたね
重かったろう　辛かったろう
そんなもの捨ててしまえと他人は言う

でも大切な過去がいっぱい詰まっている

勇気　プライド　忍耐心
闘い敗れた屈辱感
勝ち得なかった愛の形
小さな裏切りの数々
ただ希望だけが生きていく支え

暗い夜道　必死に歩く　君を応援
前を歩く　君を応援

ほほえむ

マスクメロンが等分に
切れなくても
大きい方を選んでも
妻にほほえむ
妻もほほえむ

腰の病気で足をひきずっても
歩むのが遅くても
電車に乗り遅れても
妻にほほえむ

妻もほほえむ

車椅子にうまく乗れなくても
怖くてしがみついても
人から罵倒されても
妻にほほえむ
妻もほほえむ

人から蔑まれても
行く先がわからなくても
途中下車が出来なくても
妻にほほえむ
妻もほほえむ

助ける人がいると信じ
その人に身をゆだねる
激しい痛みに襲われても
妻にほほえむ
妻もほほえむ

空は快晴

ひとりぼっちのふたり

中原道夫

宮下巌詩集『ふたりぼっち』を読んで感じたことは、「愛」というものが、けっして観念や通念ではなく、また美しく彩られた特別なものでもなく、日常の中にそれとなく隠されている優しさや温もりなのだということである。人間生まれた時はひとり、そして死ぬ時もひとり、だから、そのひとりぼっち同士がお互いを認めあい、温めあい、寄り添って生きようとするのがふたりぼっちの愛なのだろう。

散歩するのもいつも一緒

ふたりで半人前だと誰かが言った
ふたりでないとひとりでない気がする
なんとなく寂しい
ふたりぼっち
ひとりぼっちがふたりいるだけなのか

ふたりぼっち

（ふたりぼっち）

「人」という字は分解すると「ノ」と「乀」に分かれてしまう。そして分かれてしまうと、字としての機能もなければ、人としての意味もなくなる。だから、宮下さん自身がいうように「ふたりでないとひとりでない気がする」のだろう。「なんとなく寂しい」という人間存在の寂しさも、それを理解しあえるひとりぼっちに出会えれば、即座に解決できるのだろう。愛の寂しさは片側通行では消えることはない。「ひとりぼっちがふたりいる」とは何とすばらしい言葉だろう。宮下流の愛の讃歌と言ってよいだろう。そして、これは神を求める信仰にも繋がるものである。

宮下さんは真摯なクリスチャンであるが、奥様との結びつきを、こんなふうに言っている。

イエスさまが働いて下さった
妻と一緒に散歩して　ブランコに乗った
苦しみや哀しみや死にたい気持ちが
いつか消えてなくなった

（ともにいるイエス）

イエス様が働いて下さった奥様は、いつも宮下さんと一緒、それは、イエスさまがいつも宮下さんのそばにいて下さるのと同じである。苦しいときも、哀しいときも、死にたいと思っているときも、奥様はイエス様の具現的な姿として、いつも宮下さんのそばにいる。だから、長い会議、遠い距離で宮下さんが粗相をし、行き場のない哀しみと愚かさで、途方にくれた時、「誰もが辿る道」と言い、「粗相は生きている証だ」と奥様は言われたのだ。まさしくこれは、イエス様が奥様の口を借りて言った言葉であるかも知れない。

一本一本は　けなげで弱々しく見えるけど
オレンジ色の海は
希望と勇気を与えてくれる
けしの花の一種ポピーの群れは
初夏の日差しをいっぱいに受け
さざ波のように風にそよぐ
（ポピー）
ついに花が微笑む

数えてみる
蕾が六個
形はとても小さい
茎も短い
掌に入るくらい　赤ちゃんチューリップ

（チューリップ）

花を愛でることは、人が花の心になることである。そして「けなげで弱々しく見える」ポピーの群れに、希望と勇気を感じ、チューリップの赤ちゃんの誕生に喜びを感じるのは、宮下さんが、もう「ひとりぼっち」ではないことを表しているのではないか。「ひとりぼっちのふたり」に心から拍手を送りたい。

平成三十年盛夏

あとがき

七十一歳の時、初めて私の書いた詩が新聞に掲載された。驚いた。うれしかった。以来、はまってしまって丸五年。詩作に生活の軸足が移ってしまった。

つたない詩に、発表の機会を与えて下さった多くの人に心から感謝しています。とりわけ、この詩集の編集、解説を快諾して下さった中原道夫先生に心からお礼申し上げます。

また、埼玉新聞の先生方、中原道夫、田中美千代、町田多加次、北岡淳子諸先生方、更にカトリック浦和教会の伊藤淳子さん、ＹＭＣＡの大迫裕男さんに感謝申し上げます。さいたま市民文芸十五号掲載も喜びの一つです。

出版に当たっては東方社代表浅野浩様に大変お世話になりました。時の鐘ポエムの会の皆様、そしてこの詩集を手に取って下さったすべての方々にお礼申し上げます。有難う御座いました。

二〇一八年八月

宮下　巌

著者略歴

宮 下　　巌（みやした いわお）
昭和17年８月６日　埼玉県浦和市に生まれる

三栄書房　29年勤務
高校英語科の教員　８年勤務
現在「時の鐘ポエムの会」会員

現住所　〒330-0052
　　　　さいたま市浦和区本太４－13－13

詩集　ふたりぼっち

2018年９月15日　初版第１刷発行

著　　者　宮 下　　巌
発 行 者　浅 野　　浩
発 行 所　株式会社 東 方 社
〒358-0011　入間市下藤沢1279-87
電話・FAX　(04) 2964-5436
印刷・製本　株式会社 興 学 社

ISBN978-4-9906679-9-3 C0092 ¥1500E